BIBLIOTHÈQUE DE B***

PRÉCIEUSE COLLECTION

DE

Livres Japonais Illustrés

EN EXEMPLAIRES DE CHOIX

pour la plupart irréprochables comme tirage et comme condition

ESTAMPES DES GRANDS ARTISTES DU JAPON

VENTE A L'HOTEL DES COMMISSAIRES-PRISEURS

9, RUE DROUOT (Salle n° 7)

Le Lundi 30 Avril 1894

A DEUX HEURES PRÉCISES

Exposition particulière, le Samedi 28 Avril, de 2 heures à 5 heures

10, rue Coëtlogon.

Me Maurice DELESTRE
Commissaire-Priseur
27, RUE DROUOT, 27

M. Ernest LEROUX
Libraire-Expert
28, RUE BONAPARTE, 28

PARIS
ERNEST LEROUX, ÉDITEUR
28, RUE BONAPARTE, 28

1894

Paris. — Imp. Vve Victor Goupy, rue de Rennes, 71.

BIBLIOTHÈQUE DE B***

PRÉCIEUSE COLLECTION

DE

Livres Japonais Illustrés

EN EXEMPLAIRES DE CHOIX

pour la plupart irréprochables comme tirage et comme condition

ESTAMPES DES GRANDS ARTISTES DU JAPON

VENTE A L'HOTEL DES COMMISSAIRES-PRISEURS

9, RUE DROUOT (Salle n° 7)

Le Lundi 30 Avril 1894

A DEUX HEURES PRÉCISES

Exposition particulière, le Samedi 28 Avril, de 2 heures à 5 heures

10, rue Coëtlogon.

Me Maurice DELESTRE
Commissaire-Priseur
27, RUE DROUOT, 27

M. Ernest LEROUX
Libraire-Expert
28, RUE BONAPARTE, 28

PARIS
ERNEST LEROUX, ÉDITEUR
28, RUE BONAPARTE, 28

1894

CONDITIONS DE LA VENTE

La vente sera faite au comptant.

Les adjudicataires payeront cinq pour cent en sus des enchères, applicables aux frais.

M. Ernest Leroux se chargera des commissions des personnes qui ne pourront assister à la vente.

La collection de B***, que nous allons livrer aux enchères, est bien connue des Japonisants parisiens. Elle est peu nombreuse, l'amateur qui l'a formée s'étant attaché à ne recueillir que des livres en condition à peu près irréprochable. Tous ceux qui s'intéressent à l'art de l'Extrême-Orient savent combien cette tâche était difficile, le manque de soins, les incendies, l'humidité, les vers n'ayant laissé subsister des plus belles œuvres que quelques exemplaires maculés, piqués, indignes par leur condition de l'hospitalité d'un bibliophile délicat.

Il fallait du goût, de la patience et du temps. Le temps seul a manqué; de là quelques vides dans la collection. Mais telle quelle, la récolte est belle et peu d'amateurs peuvent s'enorgueillir de posséder un choix de volumes en aussi bel état que les suivants :

Nos 1 à 5, les **cinq admirables suites** de Kôrin.
7. — Le **Shin tsin gwa tsio** de Kano Tanyou.
9. — Le **Magasin éternel du Japon** de Moronobou.
13. — L'**Umpitsou Sogwa** de Morikouni.
20. — Le superbe exemplaire des **Beautés du printemps** d'Harounobou.
21. — Les **Maisons vertes** de Shounsho et Shighémassa, un splendide exemplaire.
23 à 27. — La **magnifique suite de gravures** de Massayoshi.
34. — Le **Gwa fou** de Toriyama Sekiyen.

36. — Les **Fleurs de printemps** d'Outamaro.

43 à 45. — Les **beaux albums** du maître paysagiste Hiroshighé.

48. — **Les rives de la Soumida** d'Hokusaï.

49. — Les **Ronins**, du même.

51. — Le **Shashin gwa fou**, l'œuvre maîtresse d'Hokusaï en admirable exemplaire.

53. — **Hokusai Sogwa**, en premier tirage.

54. — Les **fleurs et oiseaux**, un petit volume très rare.

56. — L'**Ippitsou gwa fou**, très bel exemplaire de premier tirage.

57 à 58. — **Les Cent vues du Foudji**, la première édition de 1830, en noir, (la fameuse édition à la Plume de faucon), et l'édition de 1834, en rose, dont on ne connaît que quelques exemplaires.

60. — Les **Poésies illustrées sur les produits remarquables du Japon**.

64. — La **Mangwa**, suite des 14 volumes en exemplaires de choix.

72. — Les **Paysages de Ten po zan**, par Gogakou, un chef-d'œuvre.

81. — Le **recueil des dessins de Goshin**, œuvre fort intéressante de l'école naturaliste.

Tout serait à citer, mais nous devons nous borner dans ce court avant-propos. — Quant aux estampes, la série n'est pas considérable comme nombre, mais c'est un choix de pièces excellentes des artistes les plus aimés.

Nous nous sommes attachés dans le Catalogue à spécifier la condition et l'état des exemplaires. Les collectionneurs nous sauront gré de ces indications minutieuses et nécessaires, ils pourront ainsi acheter en toute confiance, et, plus tard, la mention : **provient de la Collection de B***** sera un sûr passeport pour le livre qui la portera.

LIVRES JAPONAIS

ILLUSTRÉS

Kôrin

1. — **KORIN GWA FOU. Album des dessins de Kôrin**. Yédo, 1801. 2 volumes in-4°, réunis en un, dans une couverture en cuir japonais, gravures en couleur.

Exemplaire irréprochable, en premier tirage, et absolument complet, de ce chef-d'œuvre. État de neuf. Les planches, qui sont réunies dans les deux albums, sont trop célèbres pour qu'il soit utile d'y insister. Les sages dans le bois de bambous, les deux cigognes, les tortues, le bac, l'orchestre, l'enfant à la grenouille et le gamin crachant en l'air, le colin-maillard, les porteuses de bois, le vol de cigognes, les trois jeunes chiens, reproduits dans le *Japon artistique*, les cerfs, sont au nombre des vingt-cinq planches de notre album, et rarement on a pu les rencontrer en semblable condition. C'est dans un tel exemplaire qu'on peut vraiment apprécier Kôrin comme dessinateur aussi bien que comme coloriste.

2. — **KORIN GWA SHIKI**. Recueil de dessins de Kôrin Osaka, 1818. Un volume in-8, gravures en couleurs.

Admirable exemplaire, de tout premier tirage et à fleur de planches, de cet ouvrage, le plus rare et peut-être le plus parfait des albums de Kôrin. État de neuf.

3. — **Kôrin hiakkou dzu**. Cent dessins de Kôrin. 1re série, 2 volumes, 1815. 2e série, 2 volumes, 1826. Ensemble 4 vol. grand in-8, figures en noir.

Excellent exemplaire, état de neuf. Modèles pour laqueurs et ciseleurs, éventails, kakémonos, paravents, etc. Ce recueil a été commencé en 1815, à l'occasion du centenaire de la mort de Kôrin, dans une société de ses admirateurs réunis pour cet anniversaire. Chacun ayant apporté un ou plusieurs de ses dessins, on a pu former ce précieux recueil.

4. — **Kôrin hiakkou dzu**. Recueil de cent dessins de Kôrin, publiés pour la première fois. 3e série. Yédo, 1864. 2 vol. in-4, gravures en noir.

Superbe exemplaire, état de neuf. Modèles pour laqueurs et ciseleurs, étoffes, gardes de sabres, etc.

5. — **Kôrin Mangwa**. Sans date. Un volume in-8°, gravures en couleurs. Très rare.

Bel exemplaire en parfaite condition sauf une petite tache d'encre au troisième feuillet.

Hoitsou

Le meilleur élève de Kôrin.

6. — **Hoitsou gwa fou**. Recueil célèbre de dessins de Hoitsou. 1820. Album in-4, gravures en couleurs.

Bel exemplaire en bon état, sauf deux petites taches d'encre aux feuillets 1 (Préface) et 23. Excellent tirage.

Kano Tanyou

Le puissant maître de l'Ecole de Kano.

(Mort en 1674 à l'âge de 72 ans).

7. — **SHIN TSIN GWA TSIO**. Collection des copies fidèles et exactes des œuvres des artistes célèbres, par Tanyou. Kioto, 1803. 2 volumes in-folio, réunis en un interfolié de papier blanc, couverture en cuir japonais.

C'est un des chefs-d'œuvre de la xylographie japonaise. L'ouvrage, tiré sur papier fort, est extrêmement rare. Très bel exemplaire en condition irréprochable.

8. — **Kio gwa yén**. Recueil de dessins de fantaisie, réunis par So-dzun. 3 volumes in-8, gravures en noir (Rare).

Dessins de l'Ecole de Kano. Les deux premiers volumes renferment exclusivement des dessins de Tan-you, le plus célèbre artiste de l'École, après Moto-nobou (mort en 1674). Ce sont des scènes héroïques et légendaires traitées d'une façon plaisante. Le troisième volume est consacré à des planches d'un caractère caricatural pour la plupart, signées de Tan-you, de Tsouné-nobou, fils de Nao-nobou, mort en 1713, et de Tosa Youki-hidé.

Exemplaire en très belle condition.

Hishikawa Moronobou

9. — **NIHON YEITAÏGOURA. Magasin éternel du Japon**. Daté de 1688. Véritable tableau de la vie sociale et des mœurs du Japon au XVIIe siècle. 3 vol. in-4°, gravures en noir. Très rare.

Superbe exemplaire de premier tirage portant à chaque volume les cachets des collectionneurs Shikko et Shiseï, des peintres Keisaï et Hokkei, auxquels il a successivement appartenu. Condition irréprochable.

10. — **Cho chokou yé dé fou**. Modèles de dessins pour tous les métiers. 1818. 3 volumes in-8 réunis en un, gravures en noir. TRÈS RARE.

Un volume d'oiseaux, un d'animaux, un de fleurs. Exemplaire en très bon tirage. Quelques piqûres.

Yûzen

11. — **Kajino ha**. Modèles de décoration pour les étoffes. 1707. 3 volumes petit in-8° en un.

Très bel exemplaire de ce livre rare. Yûzen était un brodeur célèbre du XVIIe siècle. Dans la **Kajino ha**, il nous donne une longue série de motifs de paysages interprétés au point de vue spécial de la décoration des *foukousas*. A remarquer combien la gravure sur bois s'est assouplie depuis Moronobou.

Soukenobou

(1671-1750)

12. — **Yéhon iké no Kawadzu**. Illustrations de la vie sociale. 1768. 3 volumes in-8°, gravures en noir de Soukenobou.

Bon exemplaire en excellent état. Œuvre fort intéressante, montrant toutes les classes de la société japonaise dans de petites scènes animées, habilement conçues et du plus gracieux dessin. Quelques planches sont curieuses : Trois hommes nus se battant dans une salle de bains ; une scène de tatouage au Yoshiwara ; des Européens, en costume Louis XIV, lutinant des courtisanes, etc.

Tatshibana Morikouni

(1670-1748)

13. — **UMPITSOU SÔGWA. Recueil de dessins et d'esquisses** de Morikouni. 1749. 3 volumes in-4°, gravures en noir.

Superbe exemplaire de tout premier tirage, en condition irréprochable sauf une piqûre légère à la marge supérieure des premiers feuillets du premier volume. « *An admirable example of the artist's more rapid manner*, » dit Anderson.

14. — **Recueil d'esquisses de Morikouni**. Sans date. Un volume in-4°, gravures en noir.

Dessin d'un très grand style et d'une extrême hardiesse de pinceau. Quelques-unes des compositions sont des répétitions de l'*Umpitsou Sôgwa*. Quelques mouillures.

15. — **Yéhon Nô yama goura**. Album des plantes de la montagne de Nô. 1806. 5 volumes petit in-4°, gravures en noir.

Bel exemplaire de la réimpression de l'édition originale de 1755, aujourd'hui introuvable.

16. — **Yé hon Oshoukoubaï**. Fragment d'une encyclopédie illustrée par Morikouni. 1740. Un volume in-8°, gravures en noir.

Ce volume comprend : les fleurs et plantes, les montagnes, les arbres et arbustes, la construction des toits et des ponts, des paysages, etc.

17. — **Gwa fou hana kuéshi**. Recueil de dessins dans le style de Morikouni. Un album in-8°, gravures en noir.

18. — Recueil de dessins du XVIIIe siècle. 1803. 2 volumes in-8° reliés en un, couverture en cuir japonais, gravures en noir.

Cet album est consacré presque entièrement à des études d'animaux.

19. — **Gwa fou dzu ha**. Modèles variés de dessins, par Setsouchosaï. Osaka, 1784. 4 volumes in-8°, gravures en noir.

Souzouki Harounobou

(milieu du XVIIIe siècle)

20. — **YÉHON HAROU-NO NISHIKI. Beautés du printemps illustrées**, par Harounobou. En 18 planches, dont 16 doubles et 2 simples. Vers 1770. 2 volumes petit in-8°, gravures en couleurs. Rare.

Superbe exemplaire en très beau tirage et en condition irréprochable. Cette suite de compositions compte au nombre des plus gracieux chefs-d'œuvre de ce charmant artiste.

Shounsho et Kitao Shighémassa

21. — **Shounsho et Kitao Shighémassa. SEIRO BI JIN AWASÉ SOUGATA KAGAMI. « Miroir des beautés de la maison verte.** » Yédo, 1776. 3 vol. in-4°, cart., gravures en couleurs.

Ouvrage célèbre publié par Shounsho, en collaboration avec Kitao Shighémassa. Voir pour plus de détails le catalogue Burty, n° 196.

Magnifique exemplaire de tout premier tirage, et d'une conservation irréprochable.

Kitao Shighémassa

(1739-1819)

22. — **Kwa tso dzuyé**. Dessins de fleurs et d'oiseaux. Par Kitao Koshui saï, un des noms de pinceau de Shighémassa. 1805. 3 vol. petit in-8°, gravures en couleurs.

Très bel exemplaire de premier tirage ; condition irréprochable, état de neuf.

Kitao Massayoshi

appelé aussi Keisaï et Djoshin

(mort en 1824)

23. — **Keisaï Jimboutsou Riakou gwa shiki. Dessins sommaires de Keisaï**. Yédo, 1799. Un album grand in-8°, gravures en couleurs.

Superbe exemplaire, un des plus beaux connus de ce livre fameux et rare. Curieuse préface où l'artiste explique qu'il s'attache à peindre *l'âme des objets*. Puis il donne la méthode à suivre. Pour les débutants, tracer un carré et y insérer 16 lignes horizontales et 16 lignes verticales formant des carrés égaux sur lesquels ils dessineront une figure nue. Aussitôt après, commencer à copier d'après la nature.

24. — **Shiouki Itchi - foutsou. Livre d'esquisses** imprimées en couleurs, par Kitao Massayoshi. Yédo, 1800. Un album in-8°.

Superbe exemplaire, sur papier fort. Un des chefs-d'œuvre de l'artiste.

25. — **IOKWA RIAKOU GWA SHIKI. Croquis de fleurs**, par Kitao Keisaï Massayoshi. Yédo, 1813. Album in-4, couverture en cuir japonais ancien, gravures en couleur. Très rare.

Œuvre maîtresse de l'artiste. Exemplaire de tout premier tirage, d'une conservation parfaite, interfolié de papier blanc. État de neuf.

26. — **Gio baï riakou gwa shiki. Dessins de poissons et de mollusques**, par Keisaï. 1813. Un volume grand in-8°, gravures en couleurs.

Premier tirage en magnifique exemplaire. Ce sont des études très soignées de poissons où l'on retrouve toutes les qualités du maître, l'habileté d'observation, la sûreté du coup de pinceau, le coloris sommaire mais exact. Cette œuvre fort intéressante est à comparer avec la série des Poissons d'Hiroshighé et avec les coquillages d'Outamaro.

27. — **Sansui riakou gwa shiki. Esquisses de paysages**, par Kitao Keisaï Massayoshi. 1795. Album in-4°, gravures en couleurs.

Bel exemplaire du premier tirage, en parfaite condition, de ce livre rare.

Koriousai

(Fin du XVIIIe siècle

28. — **Kon Zatsou Yamato So-gwa. Recueil de dessins cursifs**, dans le style de l'Ecole de Yamato, par Koriousai. 1781. 3 albums in-4°, gravures en noir.

Superbe exemplaire de cet ouvrage très rare d'un artiste qui a peu produit comme illustrateur.

Riûsui

29. — **Oumi nô Satshi. Les trésors de la mer. Poissons, coquillages, tortues, etc.**, 1762. 2 volumes grand in-4°, en couleur, réunis en un volume interfolié de papier blanc et couvert en cuir japonais.

Bel exemplaire en premier tirage, malheureusement piqué, de cet ouvrage populaire sur les poissons du Japon, qu'il est d'ailleurs à peu près impossible de rencontrer en plus belle condition. L'**Oumi no Satshi** peut être compté parmi les chefs-d'œuvre de l'estampe japonaise.

O-Ka Hayato

30. — **Ran mou dzu shiki**. Modèles de sculpture sur bois, par O-ka Hayato (XVIIIe siècle). 2 volumes in-4° oblong, gravures en blanc sur fond noir. Très rare.

Exemple typique du style décoratif du XVIIe et du XVIIIe siècles.

Shountei

31. — **Mino ômi né mono gatari.** Contes de nourrices des provinces de Mino et d'Omi, illustrés par Katsoukawa Shountei. Un volume in-8°, gravures en noir. Rare.

Compositions dans le texte, disposition dont on rencontre peu d'exemples dans les albums japonais.

Shounman

32. — **Kyo ka go dzu nin i shu**. Poésies de cinquante et un poètes, avec leurs portraits. Charmante suite de cinquante planches en couleur, par Shounman, en un album de petit format carré.

Exemplaire en beau tirage, contrecollé et rogné.

Shounkei

33. — **Shounkei gwa fou**. Album de planches coloriées représentant des fleurs, des oiseaux et des insectes, d'après des peintures chinoises, par Mori Shoun-kei (école oukiyo yé). 1820. In-8°, cart., gravures en couleur.

Bel exemplaire, composé de feuillets collés par les bords, de ce livre rare sur les insectes et les fleurs qui rappelle le *Yéhon Moushi Yérabi* d'Outamaro.

Toriyama Sekiyen Toyofoussa

(Fin du XVIIIe siècle)

Le maître d'Outamaro.

34. — **SEKIYEN GWA FOU**. Recueil de dessins variés. 1773. 2 grands albums in-4°, superbes gravures en couleur.

Le chef-d'œuvre de l'artiste. Magnifique exemplaire de premier tirage, en condition irréprochable. Parmi les planches célèbres, nous citerons les paons au milieu des pivoines, d'un effet si décoratif, la sauterelle, Hotei dont la figure est vue en transparence derrière un éventail vert, quatre singes d'un dessin bizarre, des enfants se jetant des poissons à la tête, un singe épluchant des fruits, etc.

Outamaro

(1754-1797)

35. — **Seiro yéhon nen ju ghio ji. Annuaire des maisons vertes**. Texte de Jipensha Ikkou. Illustrations en couleur d'Outamaro et de ses élèves Kikoumaro, Hidémaro, Takimaro. Imprimé à Yédo en 1804. 2 volumes de format in-8°, couverture bleue à gaufrures représentant les lanternes armoriées qu'on porte dans les promenades du Yoshiwara. TRÈS BEL EXEMPLAIRE en parfait état.

Charmante suite de peintures auxquelles M. de Goncourt consacre une longue notice (Cf. *Outamaro*, p. 64 à 95).

36. — **FOUGHEN ZÔ. Poésies sur les fleurs du printemps**. Album in-4°, de cinq planches en couleurs, par Outamaro, daté de 1770. Rare.

Précieux exemplaire en admirable tirage et en parfaite condition de ce livre, l'un des chefs-d'œuvre de l'impression en couleurs au Japon.

Toyohiro

(Mort en 1828)

37. — **Sounden jitsoujitsouké.** Roman de Bakin, copieusement illustré par Toyohiro. 1808. 5 vol. in-8° réunis en un, gravures en noir.

Excellent exemplaire. Les romans populaires illustrés sont difficiles à rencontrer en bon état, ayant été beaucoup feuilletés ; ils constituent cependant une branche intéressante de l'art japonais, par la variété des scènes représentées qui nous peignent la vie fiévreuse de ces époques féodales, et par l'interprétation graphique du merveilleux légendaire qui joue dans les récits un grand rôle. Ici Toyohiro se montre égal, sinon supérieur, à Hokusaï, comme illustrateur de romans.

Toyokouni

(1769-1825)

38. — **Yéhon Imayo-Sougata**. Les mœurs d'aujourd'hui. 2 volumes illustrés de 24 gravures en couleur à double page, couverture bleue décorée en gaufrures des armoiries des principales courtisanes du Yoshiwara. Série très rare en aussi belle condition.

Le premier volume est consacré aux femmes honnêtes de toutes conditions. Le second volume, sorte d'Annuaire du Yoshiwara, est, tout entier, réservé aux courtisanes.

39. — **Naniwa Hiakkei.** Cent paysages d'Osaka, par Kounisada, Yoshitaki, Yoshiyouki, etc. In-4°, gravures en couleurs.

Bel exemplaire bien complet, auquel on a ajouté trois planches d'une autre série.

Takahara Shountschosaï

(Fin du XVIIIe siècle)

40. — **Yé hon Odori-dzukoushi**. Encyclopédie de la danse et du geste, illustrée par Takahara Shountschosaï. 1775. Un volume in-8°, gravures en noir. Très rare. (Manque le recto du feuillet 3.)

Curieuse et intéressante série de plus de cent croquis nous montrant la danse, la musique et le geste au Japon, sous tous les aspects.

41. — **Yamato meisho dzu yé**. Description de la province de Yamato, la province centrale du Japon. Kyoto, 1791. 7 volumes grand in-8°, gravures en noir de Takahara Shountschosaï.

Texte descriptif et pièces de poésie. Les illustrations représentent les sites, les paysages, les monuments, des scènes de mœurs locales, des faits historiques, des légendes, etc.

Bel exemplaire en bonne condition de cette Meïsho, l'une des plus intéressantes de la grande série publiée pendant le XVIIIe et le XIXe siècles.

42. — **Foudji no shin ogata.** Véritables vues du Mont Foudji, peintes par Kouna-bara Ki-kô. Album in-8° oblong de 13 planches à tons légers, montrant le Foudjiyama sous ses divers aspects aux différentes époques de l'année. Bel exemplaire, en parfait état.

Hiroshighé

(1797-1858)

43. — **Vues des plus beaux sites** des environs de Yédo. Album in-folio de 63 planches en couleurs.

Superbe série de pièces en tirage ancien.

44. — **Magnifique suite de paysages.** Recueil factice de 25 planches choisies dans les séries du *Toto Meisho* et du *Yédo Meisho*. Un album in-4°, relié en soie.

Choix de planches en tirage exceptionnel. Série de premier ordre.

45. — **DAI-NIPPON ROKOU DZU YOSHOU MEÏSHO DZU YÉ. Vues des endroits célèbres** de plus de soixante provinces du Japon. Album in-folio de 70 planches en couleur, avec la feuille de titre, qui se trouve rarement.

Superbe exemplaire de premier tirage, irréprochable comme condition. Certaines planches célèbres de ce magnifique recueil sont ici en admirable état : les collines couvertes de neige au bord d'un lac, les pics émergeant de la mer, les pins au bord de la mer, le brouillard dans le bois de sapins, la cascade bondissant par-dessus une route, la neige dans les montagnes, les cascatelles d'un torrent, la rivière encaissée entre de grands rochers jaunes reliés par un pont, toute une suite d'excellentes compositions du grand paysagiste.

46. — **Kioka Yamato jimboutsou.** Poésies illustrées sur les métiers au Japon. 7 volumes en un, couverture soie japonaise brochée.

Bel exemplaire, incomplet d'un ou deux cahiers, en condition irréprochable.

Hasségawa Settan

47. — **Tô to saïdjiki**. Les Fêtes dans la capitale de l'Ouest Yédo, durant toute l'année. 1838. 5 volumes in-8°, réunis en un, couverture de cuir japonais, gravures en noir par Hasségawa Settan.

Très bel exemplaire de premier tirage sur papier fort. La condition est irréprochable, sauf une légère piqûre à quelques feuillets. Cet ouvrage de Settan, trop peu connu des amateurs à cause de sa rareté, donne une description générale de Yédo, décrit et représente toutes les fêtes civiles et religieuses qui se succèdent dans la capitale pendant le cours de l'année. Tout un monde de petites figures spirituellement traitées grouille dans ses trois cents planches débordantes de vie. C'est un document précieux en même temps qu'une œuvre d'art.

Hokusai

(1760-1849)

48. — **YÉ HON SOUMIDAGAWA RIOGAN ITCHIRAN**. Les vues des rives de la Soumida. Yédo, 1804. 3 vol. in-8°, gravures en couleur.

Superbe exemplaire de tout premier tirage, en parfaite condition, sauf une petite tache au feuillet 8 du premier cahier.

49. — **YÉHON TCHOUSHINGOURA**. Le drame des quarante-sept Ronins, illustré par Hokusai. 1803. 2 vol. petit in-8°, gravures en couleur.

Exemplaire de premier tirage, malheureusement fatigué, d'ailleurs l'un des plus beaux connus de cet ouvragre rare, impossible à rencontrer en parfaite condition.

50. — **Les cinquante trois stations de la route du Tokaïdo**. Un vol. in-12 oblong, non daté, composé de planches en couleur sans marges, collées les unes au bout des autres et pliées en paravent.

Œuvre curieuse, d'un coloris brutal, avec de grands nuages roses aux formes bizarres, dans le haut et dans le bas de chaque composition ; l'un des plus anciens Tokaïdo, composé par le maître.

51. — **SHASHIN GWA FOU**. Yédo, 1814. Album de 15 planches de grand format oblong, gravures en couleur.

Le plus rare des Albums d'Hokusaï. Son œuvre maîtresse se rencontre ici en un superbe exemplaire absolument complet des 15 planches, en condition excellente. Le tirage, sur papier fort, est parfait.

52. — **Yéhon Taikin ô raï**. Livre d'éducation usuelle. 3 vol. in-8°, réunis en un volume couvert en cuir japonais.

Très bel exemplaire du premier tirage en excellente condition, sauf une légère piqûre à la marge supérieure de quelques feuillets.

53. — **HOKUSAI SO GWA. Dessins cursifs** de Hokusaï. Un volume in-8°, publié à Yédo en 1820, gravures en noir teintées de rose et de gris.

Superbe exemplaire de tout premier tirage d'une parfaite conservation. C'est une des œuvres capitales du maître. Elle contient des planches fameuses : la chevauchée des portefaix, Komati poursuivie par les gamins, le serpent s'enroulant autour du corps d'un faisan, le coup de vent, les aveugles, etc.

54. — **KWA TCHO GWA FOU**. Fleurs et oiseaux. Un album in-8°, gravures en couleur. Signé : Tameïchi.

Œuvre remarquable et rare. Certaines planches, le faisan, le coq, le hibou, les oies volant, sont dignes d'être comparées à celles du **Shashin gwa fou**. Superbe exemplaire du premier tirage, en parfaite condition.

55. — **Imayo sekkin hinagata**. Nouveaux modèles de peignes et de pipes. 1822-1823. 3 vol. in-12 oblong réunis en 1 vol. dans un cartonnage en cuir japonais ancien.

Exemplaire du premier tirage en parfaite condition.

56. — **IPPITSOU GWA FOU. Esquisses d'un seul coup de pinceau**, par Hokusaï. Nagoya, 1823. 1 vol. in-8°, gravures en couleur, cartonnage en soie japonaise brochée à personnages.

Très bel exemplaire. Premier tirage en couleurs pâles. 87 compositions esquissées avec une liberté incomparable, imprimées sans texte sur 56 feuillets. Les tons bleu et rose sont d'une grande fraîcheur et d'une grande délicatesse dans ce tirage. Ces petits sujets sont merveilleux par la sûreté de dessin, par l'effet, par la variété des poses.

57. — **FOUGAKOU HIAK' KEI**. Les Cent Vues du Foujiyama, par Hokusaï. Edition originale de 1830. Tomes I et II, in-8, gravures en noir.

Cette superbe édition est d'une extrême rareté. Elle est connue sous le nom d'édition à la Plume de faucon, parce que la fiche collée sur la couverture et sur laquelle le titre est imprimé en bleu est décorée d'une plume de faucon. La couverture est ornée de gaufrures représentant des vues du lac Biwa.

58. — **FOUGAKOU HIAK'KEI**. Les Cent Vues du Foujiyama, par Hokusaï. Edition de 1834. 3 vol. in-8°, réunis en un, couverture en cuir japonais ancien, gravures en noir et rose.

Exemplaire irréprochable, sur papier fort, et en état de neuf, de cette édition rare, dont on ne connait que cinq ou six exemplaires.

59. — **Yéhon Onna Inagawa**. Exemples de vertu féminine. Vers 1830. Un volume in-8°, gravures en couleurs.

Superbe exemplaire en très belle condition du deuxième tirage, très peu différent du premier.

60. — **NIHON MEIBUTSU GWA SHAN SHU**. Poésies illustrées sur les produits remarquables des provinces du Japon. 2 vol. petit in-8°, tirage en noir, gris et rose. Sans date. Signé : TAITO.

Admirable exemplaire de ce livre, l'une des œuvres les plus rares d'Hokusaï.

Condition irréprochable, état de neuf.

61. — **Tchô-rei zékou shou**. Recueil de poésies, illustré par Hokusaï. 2 vol. in-12, gravures en couleurs. Signé : TAITO.

Superbe exemplaire en parfait état de ce livre très rare.

62. — **Yéhon Toshisen**. Recueil de poésies chinoises, illustrées par Hokusaï. 2 volumes in-8° réunis en un, cartonnage en soie japonaise brochée de fleurs de style chinois.

Admirable exemplaire, en tirage exceptionnel sur papier fort. Une des plus belles œuvres de l'artiste dans toute la puissance de son talent.

63. — **Yé hon tama no otchi ho**. Roman de Bakin, illustré par Hokusaï. 5 volumes, gravures en noir. Bon exemplaire.

64. — **Shin hinagata**. Nouveaux dessins, exécutés par Hokusai, à l'âge de 77 ans. Édition originale. 1837. In-8, gravures en noir.

Très bel exemplaire en parfait état. Dessins variés dont la plupart toutefois sont consacrés à l'ornementation des maisons et à la construction des charpentes.

65. — **LA MANGWA D'HOKUSAI**. Suite de volumes en magnifique condition, qui seront vendus séparément.

1er *volume*. Bel exemplaire de l'**édition originale**. Condition parfaite, sauf une légère piqûre à la marge du fond des premiers feuillets.

2e *volume*. 1815. Bon exemplaire qui porte la date et le cachet noir de l'**édition originale**. Le cachet rouge n'y figure pas. Condition parfaite, sauf une très légère piqûre dans la marge extérieure des derniers feuillets.

2e *volume*. Superbe exemplaire en condition irréprochable de la première réimpression connue de l'édition originale.

3e *volume*. 1815. Très bel exemplaire de l'**édition originale**, avec le cachet noir. Piqûre à la marge du fond des derniers feuillets atteignant un peu la gravure.

3e *volume*. Bel exemplaire de la première réimpression de l'**édition originale**. Tirage valant à peu près celui de l'édition originale. Condition parfaite, sauf une piqûre dans la marge du fond n'atteignant pas le cadre.

4e *volume*. Nagoya, 1816. Exemplaire *sur papier fort*, exceptionnel comme tirage et comme condition de l'**édition originale**. On sait que le 4e cahier est par lui-même l'un des plus intéressants de la Mangwa.

5e *volume*. Nagoya, 1816. Très bel exemplaire de l'**édition originale,** portant les deux cachets noir et rouge de l'éditeur. Condition parfaite, sauf une piqûre dans la marge du fond n'atteignant pas la gravure.

5e *volume*. Très bel exemplaire de la première réimpression de l'édition originale.

6ᵉ *volume*. Nagoya, 1817. Superbe exemplaire de l'**édition originale**, avec les deux cachets de l'éditeur. Condition parfaite sauf une piqûre dans la marge du fond n'atteignant pas le cadre des gravures.

7ᵉ *volume*. Nagoya, 1817. Superbe exemplaire de l'**édition originale**, en parfaite condition, sauf une piqûre dans la marge du haut n'atteignant pas la gravure.

8ᵉ *volume*. Nagoya, 1817. Exemplaire *sur papier fort*, exceptionnel comme tirage et comme condition, de l'**édition originale.** Piqûres insignifiantes à quelques feuillets. Le cahier VIII est incontestablement, par la variété des sujets traités, l'un plus intéressants de la série.

9ᵉ *volume*. Bel exemplaire, en condition irréprochable, de la première réimpression de Yédo.

10ᵉ *volume*. Bel exemplaire de l'édition originale.

11ᵉ *volume*. Superbe exemplaire en condition irréprochable.

12ᵉ *volume*. Tirage en noir. Superbe exemplaire de l'**édition originale**, en parfaite condition, sauf une très légère piqûre dans la marge du haut des derniers feuillets et qui n'atteint pas le cadre.

13ᵉ *volume*. Sans date. Très beau tirage en noir.

14ᵉ *volume*. Tirage en noir. Bel exemplaire en très bonne condition de l'**édition originale.** Les tirages *en noir* des cahiers de la Mangwa sont encore plus rares que les impressions à trois tons de cet ouvrage. La qualité de celui-ci est exceptionnelle.

14ᵉ *volume*. Tirage avec la teinte rose. Exemplaire de la deuxième édition d'Yédo, en excellente condition, sauf une tache de couleur sur une planche.

66. — **Sei-miô gwa-i.** Introduction à l'art du dessin, par Hokusai, 1843. Un album in-8, gravures en noir.

Exemplaire en parfait état de ce volume bien connu sous le titre de *Petite Mangwa*.

Hokkei

67. — **Hokouri jiouni taki.** Les douze heures de la [illegible] au Yoshiwara. Vers 1820. 2 vol. in-4°, texte et planches en noir.

Exemplaire du premier tirage, sur papier fort.

68. — **Kiôka fuso meisho dzû yé.** Poésies sur les endroits célèbres du Japon. 2 vol. petit in-8°, en couleurs, réunis en un dans un cartonnage en soie japonaise brochée.

Rare. Bel exemplaire en premier tirage à jolies tonalités.

69. — **Kioka.** Poésies illustrées. Charmant album in-8° de neuf planches en couleur, accompagnées de poésies.

Bel exemplaire de premier tirage.

70. — **Les cinquante-trois stations du Tokaïdo**, par Hokkei. Un volume petit in-8° en feuilles, gravures en noir, gris et rose.

Exemplaire admirable comme tirage. Il manque malheureusement le premier et le dixième feuillets.

71. — **HOKKEI MANGWA** Un vol. in-8° à trois tons. Yédo, 1830.

Superbe exemplaire du premier tirage en état parfait de conservation, provenant de la collection Burty.

Gakoutei

72. — **Itchi-rô gwa fou.** Recueil de dessins d'un vieillard, par Gakoutei. 1823. Album in-8° de jolies gravures à trois tons.

Scènes et paysages, effets de nuit et de brouillard à teintes dégradées, ponts et cascades, sites neigeux, etc. Bel exemplaire en parfaite condition.

Gogakou

(XIXe siècle)

73. — **TEN PO ZAN SHO KEI ITCHI RAN. Vues des paysages de Ten po zan,** îlot à Osaka, par Gogakou. 1834. Album in-4°, composé de six planches doubles en couleur, d'un admirable tirage.

Ouvrage très rare, en magnifique condition.

Préface en kata-kana cursif, caractères blancs sur fond bleu, couverture en couleurs représentant des cerisiers en fleurs.

Exemplaire exceptionnel de ce chef-d'œuvre de l'artiste, qui comprend les planches suivantes :

1. Une petite baie, avec des bateaux à l'ancre et une jonque dont la voile est gonflée par le vent.
2. Un pont circulaire et, au loin, une vaste nappe d'eau, bornée à l'horizon par des montagnes bleues.
3. Le grain. Une jonque ballottée par d'énormes vagues, sous de gros nuages noirs d'où la pluie tombe en averse. Planche célèbre.
4. Une grande terrasse en bois jaune, à travers les piliers de laquelle on voit la rivière et un ciel coupé de longs nuages bleus.
5. Un coucher de soleil sur la rivière, avec de grands coups de lumière rose, traversés par des nuages bleus. Pièce superbe.
6. Un grand bateau passant sous un pont dont la charpente coupe en deux le disque énorme de la lune dans un ciel indigo tacheté de vert par le feuillage des pins. Pièce excellente.

74. — **Ko-kei mangwa**. Recueil de dessins de divers artistes. Modèles pour étoffes. Imprimé à Osaka en 1822. Un album in-8°, gravures en noir.

Bel exemplaire de ce livre rare, recueil de dessins pour étoffes, où des personnages, des animaux, des insectes, des fleurs, des empreintes de pieds, des taches de sang, etc., interviennent comme motifs de décoration.

Kiosai

(XIXe siècle).

75. — **Kio sai rokou-ga**. Dessins de plaisir de Kiosai. 1881. 2 vol. in-8°, gravures en couleur. Bel exemplaire.

Kiosai, le dernier des grands artistes japonais, n'est mort que récemment. Cependant ses œuvres principales sont déjà fort rares et très difficiles à rencontrer en aussi bel état que notre exemplaire.

76. — **Kio sai gwa fou**. Recueil de dessins comiques de Kio sai, le dernier des grands artistes japonais, le peintre au dessin habile, à la fantaisie toujours fertile et plaisante. Album in-8°, de planches en couleur, publié en 1860.

Superbe exemplaire d'une des œuvres les plus fougueuses de Kiosaï.

77. — **La Mangwa** de Kiosai. 1881. In-8°, gravures en couleurs.

École Chinoise du Japon

Ransai

78. — **Mei gwa roui shou**. Recueil de dessins, par Mori Ran-sai, nommé aussi Kioukô, élève de Shiou-kô. 1801. In-8°, gravures en couleur et en noir. Rare.

Très bel exemplaire. Paysages, fleurs, plantes, bambous, oiseaux, etc. Ecole chinoise.

Gesshô.

79. — **Hai kai hiakkoua sen**. Poésies illustrées, par Gesshô. Kioto, 1817. 2 volumes in 4° en un, couverture de soie japonaise brochée, gravures en noir.

Œuvre intéressante d'un des principaux représentants de l'École chinoise du Japon. Superbe exemplaire en excellente condition.

80. — **Foukkei gwa sou**. Forêt de bambous de dessins Recueil de gravures en noir et en couleur, par Gesshô, appelé aussi Genkei, peintre d'Owari, appartenant à l'École chinoise. 1817. Un album in-4°, gravures en noir et en couleur.

Très bel exemplaire.

Yakôdô

81. — **Yé hon sho shin nutchi Shirou bi**. Méthode de dessin pour les débutants, par Yakôdô. 2 volumes in-8°, gravures en noir.

Dessins au trait, de style chinois, fleurs et plantes, oiseaux, paysages, etc.

École de Shijo

Goshin

82. — **AOYÉ OUDJI EN POU.** Recueil de dessins de Goshin. 3 albums in-4°, gravures en couleur.

Œuvre fort intéressante de l'école naturaliste. Scènes caricaturales et burlesques traitées à la manière d'Ippo. Suite fort curieuse. On y voit une planche d'ivrognes, où tous les détails semblent empruntés à un tableau de Jan Steen, un intérieur de maison de bains pour femmes, une femme vomissant du haut d'une terrasse et toute une série de scènes traitées avec une verve et un sentiment du plus haut comique.

Tchin-nen

83. — **So-nan gwa fou.** Recueil de dessins de So-nan (Tchin-nen), de l'Ecole de Shijo (XIXe siècle). Un album de planches en couleur, daté de 1834. Rare. Exemplaire en admirable tirage. Piqûres.

Tortues, vol de cigognes, fleurs et plantes, un bac sur une rivière, des chats, oiseaux et poissons, scènes et personnages.

84. — **Kio-djô gwa yén.** Recueil de dessins de l'École de Shijo. Belle série de planches en couleur, réunies en un Album in-4°, imprimé en 1814. Très bel exemplaire en excellente condition.

Paysages, marines, scènes diverses, oiseaux, tortues, fleurs et plantes, etc., par divers artistes : Toyo-hiko, Shiba-shun, Boum-mei, Min-wa, Ki-hô, etc.

85. — **Koshou gwa fou.** Album de gravures en couleur, de l'École de Shijo. Publié en 1824.

Scènes et paysages, animaux, oiseaux, tortues, personnages, etc. Bel exemplaire en parfaite condition.

Soui Séki

86. — **Soui séki gwa fou**. Recueil de dessins publié à Kioto, en 1820. Un album, in-4°, cartonné en cuir japonais, gravures en couleurs. Très rare.

Superbe exemplaire de cette œuvre d'une impression puissante.

87. — **KOKKA. Les fleurs du pays**. Les chefs-d'œuvre de l'Art au Japon. Grande publication artistique, illustrée de nombreux dessins et d'environ 250 planches en noir et en couleur hors texte. 50 livraisons in-4°.

ESTAMPES

DES

GRANDS ARTISTES DU JAPON

Torii Kiyomitsou

(Vers 1730)

88. — La leçon de flûte. Un komosso prêtant sa flûte à une jeune femme qui en essaie le doigté. Très belle pièce de grand format, coloriée à plusieurs tons.

89. — Le tambour. Un jeune homme, assis sur une estrade laquée, frappe à coups redoublés sur un tambourin. Derrière lui, un sapin. Belle pièce de format étroit, à tons vert et rouge. Rare.

Torii Kiyohiro

90. — Un acteur en costume de samouraï. Il tient d'une main son chapeau d'osier, et sa tête est bizarrement coiffée. Ample costume flottant. Très belle pièce à deux tons, rose et vert.

Atelier des Torii

91. — Deux femmes et une petite fille. Très jolie pièce de format carré, sur papier jauni. Rehauts d'aquarelle et noir laqué.

Bountscho

92. — Une jeune femme debout dans sa cuisine. Elle tient d'une main la boîte à thé. Charmante estampe à tonalités délicates, en excellent tirage.

Koriousaï

93. — La promenade dans la neige. Un homme, la tête à demi cachée sous une capeline noire, tient un parapluie ouvert au-dessus d'une jeune femme qui marche en trébuchant et en s'appuyant sur l'épaule de son compagnon. Délicieuse composition. L'attitude de la femme est d'une grâce charmante.

94. — L'attente. Une jeune femme appuyée sur le poteau d'une galerie, dans son jardin, semble épier la venue d'un personnage qui se fait attendre.

Harounobou

95. — La cage aux lucioles. Un petit garçon gambadant auprès de sa mère qui soulève au-dessus de sa tête une petite cage.

Jolie pièce en beau tirage. Le nu de la femme est entrevu, dans ses contours un peu grêles, à travers la transparence du léger peignoir dont elle est vêtue.

96. — La lavandière. Une jeune femme aux pieds nus plonge dans un ruisseau une longue pièce d'étoffe. Son petit garçon s'est armé d'une nasse et d'un seau et s'avance dans l'eau, en écoutant les recommandations de sa mère. Jolie pièce carrée. Beau tirage à gaufrures.

97. — La coiffure. Scène a deux jeunes femmes dans un élégant intérieur. Gracieuse composition en beau tirage.

98. — Une dame de la Cour, debout sur une terrasse, dans une attitude pleine de noblesse, et, derrière elle, un enfant jouant avec un petit chien noir. Dans le fond, la campagne où des moissonneurs font la récolte du riz.

99. — Une courtisane en promenade, suivie de ses deux kamonos. Très jolie pièce de format carré.

Les personnages vêtus de costumes à tonalités brillantes se détachent sur le fond gris du papier.

Torii Kiyonaga

100. — L'éducation d'un prince. La leçon d'équitation devant un groupe de jeunes femmes et de serviteurs. Célèbre et élégante composition en grand format oblong.

101. — Jeunes femmes dans des barques, près des piliers d'un pont. Très belle pièce de grand format.

Yeishi

102. — Une jeune femme debout près d'une compagne qui accorde son shamisen. Pièce d'un dessin curieux, sur fond jaune.

103. — Portrait en buste d'une courtisane. Pièce d'un aspect tout particulier, à tons bruns sur un fond couleur bois. Tirage à gaufrures.

Shountscho

104. — Scène dans la campagne. Deux pièces d'un triptyque représentant au fond des moissonneurs et au premier plan des personnages en promenade, parmi lesquels une femme rajustant ses jarretières.

Sharakou

L'étonnant portraitiste de la fin du XVIIIe siècle.

105. — **Portrait en buste d'une courtisane.** Œuvre excellente du maître. Estampe en magnifique tirage, sur fond micacé.

L'expression souriante de la figure est rendue avec une habileté inouïe. Le dessin ne consiste qu'en un trait léger tracé sur fond blanc et toute l'expression est obtenue par deux yeux d'une intensité extraordinaire et un léger pli de la bouche. En revanche l'épaisse chevelure noire est traitée avec un soin minutieux. La transparence du peigne d'écaille, les détails du costume, tous les accessoires en un mot, sont rendus avec une scrupuleuse exactitude et un art infini.

106. — Portrait d'acteur au masque bizarre. Très belle pièce sur fond micacé.

Ici encore un effet puissant est obtenu avec un dessin d'une extrême sobriété, et cependant cette figure aux yeux louches, à la bouche édentée produit une impression profonde. Le costume, un peignoir jaune à rayures, bordé de noir, est habilement traité.

107. — Portrait d'acteur en femme. Superbe pièce à fond micacé.

Longue figure avec une coiffure bizarre. Ample vêtement gris décoré d'étoiles jaunes à dessous rouge et vert. Le tout est rehaussé par une large ceinture d'un noir puissant. Estampe remarquable à tous égards et du plus bel effet décoratif.

108. — Portrait de femme en buste. Belle pièce sur fond micacé.

Tête souriante. Peignoir gris à fleurs rouges. Ceinture noire. Jolie pièce en excellent tirage.

Outamaro

109. — Deux guêshas. Jolie pièce où les noirs vigoureux sont en opposition avec les tonalités légères du reste de l'estampe.

110. — Une mère faisant faire pipi à son petit garçon. Pièce de grand format.

111. — Une mère portant sur son dos son petit garçon se penche en arrière pour lui permettre de se voir dans un bassin plein d'eau posé près d'elle.

112. — Trois courtisanes vues en buste. Très belle composition où l'on remarquera les deux femmes qui ont posé sur leurs têtes une étoffe verte dont la transparence laisse distinguer tous les détails de la coiffure. Pièce de grand format à fond micacé.

113. — Scène près du pont de Nihon-Bashi. Deux enfants et deux femmes, dont l'une ferme son parapluie. Pièce en hauteur.

114. — La coiffure au Yoshiwara. Une jeune femme vient d'ajuster la chevelure de son amant, qui, complaisamment, se regarde dans un miroir. Pièce de grand format sur fond gris.

115. — Toilette du matin. Une jeune femme, accroupie près d'une cuve pleine d'eau, a rejeté son grand peignoir à pois blancs et, le buste nu, se frotte vigoureusement avec un de ces petits sacs en toile rude qui contiennent des écorces de graines de riz pulvérisé, qui, sous la chaleur et la pression, vont se transformer en une pâte onctueuse et douce qui donnera à la peau une teinte de lait. Belle pièce de grand format.

116. — Jeune femme aux seins nus, lavant un peignoir. Jolie pièce de grand format.

117. — La buveuse. Superbe pièce en très beau tirage. Une femme aux seins et aux bras nus, d'un magnifique dessin, tient de la main gauche un crabe et, de la droite, un verre dont elle boit avec gourmandise le contenu.

118. — Jeune femme portant sur un plateau une coupe de thé. Très belle pièce à fond brillant. Les étoffes sont rendues avec une extrême perfection.

119. — Deux femmes près d'une grosse lanterne. Grande estampe à fond bruni.

120. — Deux jeunes femmes dans un jardin, l'une lavant du linge, l'autre, debout, abritée sous un grand parasol.

121. — La déclaration. Un homme en capeline noire et une jeune femme qui, gênée, baisse les yeux et retient entre ses dents un bout de l'étoffe qu'elle a jeté sur sa tête. Personnages en buste. Très belle pièce de grand format.

122. — Une courtisane et son amant, un élégant jeune homme, qui agite un éventail où est peint un Dharma d'un curieux effet.

123. — Le jeu de casse-tête chinois. Belle composition en bon tirage.

124. — Le lion de Corée. Des baladins exécutant ce divertissement devant une troupe d'enfants. Belle pièce de format oblong.

125. — Une courtisane lisant un makimono. Portrait en buste d'une exécution très finie.

126. — Deux guèshas et un porteur de shamisen sur un pont. Au fond, un paysage au delà de la rivière.

127. — Yama-ouwa et Kintoki. Le joujou de l'enfant rouge est un petit ourson noir costumé en danseur de Nô.

Yeizan

128. — Peinture d'un kakémono. Très belle pièce à deux personnages, en superbes colorations.

129. — L'inspiration. Une jeune femme assise et réfléchissant au moment d'écrire. Pièce en très beau tirage.

Toyokouni

130. — Une rivière sillonnée de barques de plaisance et une berge avec de nombreux promeneurs. Belle pièce dans le style de Toyohiro. Format oblong.

131. — Un Samouraï et deux dames dans la campagne, près d'un torrent. Au fond un tir à l'arc. Estampe en hauteur.

132. — Une salle de spectacle. Au fond, la scène où se joue un drame. Au premier plan, le parterre avec les longues galeries où circulent les artistes. De chaque côté, les loges bondées de spectateurs, et, au plafond, les lanternes décorées des armoiries des principaux acteurs. Pièce intéressante, de format oblong.

Kounisada

(1785-1864)

133. — Fête sur la Soumida. Grande composition à cinq feuilles, le chef-d'œuvre de l'artiste. Exemplaire en superbe tirage.

Au milieu de la composition, le grand pont de bois sur lequel se presse une foule de promeneurs. A l'horizon, un rivage boisé et les teintes roses d'un soleil couchant. Sur la rivière des barques de plaisance poussées par de vigoureux bateliers. Au premier plan, une foule de personnages circulant au milieu des boutiques et des maisons de thé éclairées par de grosses anternes rouges. Cette suite fameuse se rencontre rarement en aussi bon tirage.

Kouniyoshi

134. — Scène fantastique représentant une sorte de guignol où une apparition bizarre terrifie un public de monstres qui se sauvent en se bousculant et en se jetant à terre. Belle pièce où l'artiste donne libre cours à sa puissante fantaisie.

Hokusaï

135. — Le Foudji rouge sur un ciel bleu craquelé de blanc. Format oblong. Pièce célèbre des Trente-six Vues, reproduite en couleur dans le *Japon artistique*.

136. — Trois nobles personnages assis au bord d'une rivière. Estampe de format kakémono de la *Série des Poètes*.

137. — Scène auprès de la boutique d'une marchande de thé, sur les bords de la Soumida. Belle estampe de format oblong.

138. — Deux femmes du peuple viennent de déposer leur fardeau et prennent quelques instants de repos au bord de la rivière. Superbe sourimono de format oblong à gaufrures et rehauts métalliques.

Hokkei

139. — Une langouste sur un morceau de bois calciné. Superbe sourimono carré.

140. — Des papillons. Charmant sourimono carré.

Keisaï

141. — Un beau paysage. La rivière coule entre deux rives plates bordées de pins parasols et va se perdre à l'horizon sous un soleil couchant qui commence à empourprer le ciel.

Hiroshighé

142. — Une route au pied d'une colline verdoyante. Au fond, une longue plaine, bornée à l'horizon par deux montagnes à formes pyramidales. Jolie pièce à fond bruni. Petit format kakémono.

143. — Un village sous la neige au milieu des montagnes. Très belle estampe oblongue.

144. — Un pont sur une rivière. A travers la pluie qui commence à tomber, on distingue au loin le Foudji à demi perdu dans la brume.

145. — Un pavillon de thé, illuminé de lanternes rouges, près de collines couvertes d'arbres au feuillage rose. Format oblong.

146. — Une baie avec le Foudji à l'horizon. Au loin, un îlot rocheux. Au premier plan, des gens attablés dans un pavillon de thé. Belle estampe en hauteur, à fond bruni.

147. — Des arbres en fleurs sur une colline dominant une vaste plaine.

148. — Une plaine éclairée par la lune. On voit s'avancer un cortège militaire dont une partie des hommes tiennent des lanternes au bout de longues perches.

149. — Le bac. Des bateliers nus poussent de toutes leurs forces le long bateau où l'on voit entassés une foule de personnages. Belle pièce de format oblong.

150. — Une scène de pugilat entre deux hommes et deux femmes. Une femme paisiblement accoudée à la fenêtre de sa boutique assiste à la lutte. Belle pièce oblongue.

151. — L'arc-en-ciel. Jolie pièce oblongue.

152. — Une longue avenue d'arbres en fleurs se détachant sur le bleu d'un lac et sur un ciel d'une chaude tonalité. Charmante pièce oblongue.

153. — Un rocher gris, bordé de récifs aux tons de corail, se dresse à pic au milieu de la mer dont les flots bleus se confondent avec l'azur du ciel. Très belle pièce en hauteur.

154. — Des boutiques au pied d'une colline. Belle pièce en hauteur.

155. — Le repas du soir sur les terrasses au bord de la Soumida. Pièce célèbre en beau tirage. Format oblong.

156. — Le feu d'artifice. Une foule de gens, sur un pont et sur la berge, regardent les fusées qui éclatent dans le ciel, au-dessus de la rivière que sillonnent de nombreux bateaux.

www.ingramcontent.com/pod-product-compliance
Ingram Content Group UK Ltd.
Pitfield, Milton Keynes, MK11 3LW, UK
UKHW020517180726
13839UKWH00005B/2139

9 782329 580456